たべもののおはなし●スパゲッティ

# スパゲッティ大《だい》さくせん

佐藤まどか 作
林 ユミ 絵

講談社

てきぱき、トントン、ジュージュージュー。
ぷうんとしてくる、いいにおい。
ぼくは、りょうりを
作《つく》るのが大《だい》すきだ。
しょうらいのゆめは、
りょうり人《にん》になること！
おいしそうに食《た》べてもらえると、
すごくうれしい。
さあ、エプロンをかけよう。
「あれ、もう、昼《ひる》ごはんの下《した》じゅんびかい？」

となりのさぎょうばから、
かあちゃんがふりむいて言《い》った。
お店《みせ》でにんきのつくだにを、
ちゃちゃっとパックする手《て》は、
止《と》まらない。

「ううん、　ちがうよ。　ほら、　パスタりょうりのれんしゅうを
しようかと思《おも》って。」
「あ、　そっか、　さらいしゅうだったね、　子《こ》どものりょうりコ
ンテスト、　なんて言《い》うんだっけ？」
「キッズシェフコンテスト。　こんどの県大会《けんたいかい》でなんとか三位《い》
までに入《はい》って、　めざせ全国大会《ぜんこくたいかい》！　なんちゃって。」

てれわらいをすると、かあちゃんがゴム手《て》ぶくろをしたまま、V《ブイ》サインをした。
「あっくんなら、きっとだいじょうぶだよ。」
うなずいてはみたものの、じつは、ちょっとこまっているんだ。「かんそうパスタを使《つか》ったりょうり」が、かだいだから。

イタリアのりょうりだってことは、
いちおう知《し》っているけど、
そんなもの、作《つく》ったことないどころか、
食《た》べたことだって、
二回《かい》くらいしかおぼえていない。

一回《かい》は、大《おお》きな町《まち》のレストランに
行《い》ったとき。もう一回《かい》は、
ずっと前《まえ》のこと。ばあちゃんが、
スパゲッティを作《つく》ってくれた。

うちのかぞくは、ばあちゃんいがいは、

みんなこの村《むら》で生《う》まれそだった。
なくなったじいちゃんをはじめ、
大《だい》の和食《わしょく》ずき。
そのせいか、パスタりょうりは
それっきりだ。
おまけにばあちゃんは、もう、
りょうりもおしゃべりも、
あまりしなくなった。
どうやって、おいしい
「パスタりょうり」を作《つく》ればいいかな？

ざいりょうは、となり町《まち》のスーパーで買《か》ってきてある。ついでに町《まち》のとしょかんで、パスタりょうりの本《ほん》をかりてくればよかったな。

テーブルの上《うえ》にざいりょうをならべる。びん入《い》りのオリーブオイル。スパゲッティ。ななめにカットされたペンネ。ネジみたいなフジッリ。トマトかんがいくつか。

さて、なにを作《つく》ろうか。れいぞうこを、
あけたりしめたり。うーん……。
そのとき、さいきんは
めったにキッチンに
来《こ》なくなったばあちゃんが、
古《ふる》びた本《ほん》と、ぼろぼろになった
茶色《ちゃいろ》い紙《かみ》ぶくろをかかえてきた。
さしだされたその本《ほん》のタイトルは、
なんと、日本語《にほんご》じゃない！
あ、「PASTA＝パスタ」だけは、よめたぞ。

「ありがとう！　たすかった！
ばあちゃん、こんな本《ほん》をもっていたの？」
ばあちゃんが、こっくりうなずいた。

かわのひょうしの本《ほん》は、
なんだかえらくりっぱで、
大《おお》むかしのものみたい。
ひらいてみると、しゃしんじゃ
なくて、りょうりのイラスト。
けど、よ、よめない！
「ばあちゃん、これ、よめないよ。英語《えいご》？」
ばあちゃんは、首《くび》をよこにふる。
「じゃあ……えっと、パスタだから、
もしかして、イタリア語《ご》？」

ばあちゃんは、こんどは首《くび》をたてにふる。

「えっ、ばあちゃん、イタリア語《ご》なんて、よめたの？」

ページをパラパラめくりながら聞《き》いて、ふと、顔《かお》をあげると、ばあちゃんはもういない。

自分《じぶん》のへやに行《い》っちゃったのかな。

あれ、いくつかのページに、手書《てが》きのメモがはさんである。

さいしょのメモは「パスタの国《くに》からこんにちは」だって。これが本《ほん》のタイトルかな。ばあちゃんの字《じ》だろう。クセがあって、よみにくい。

紙《かみ》ぶくろをあけてみると、
中《なか》には、ヘンテコなどうぐが
入《はい》っている。なにに使《つか》うのかな？
本《ほん》をパラパラめくってみると、
あった。
そのどうぐのイラストと、
ばあちゃんの書《か》いたせつめい。
　おゆの中《なか》のスパゲッティを
すくいとるために使《つか》う
「スパゲッティ・サーバー」。

なべや大《おお》ざらであえたパスタを、
おさらにもるのにべんりな
「パスタ・トング」。
ぼくは、本《ほん》を見《み》ながら、
なにを作《つく》るかなやみはじめた。
ん？　アーティチョーク？
アンチョビ？
どんなものかわからないし、
そんなざいりょうはないや。
とにかく、作《つく》りたくて、うずうずしてきた。

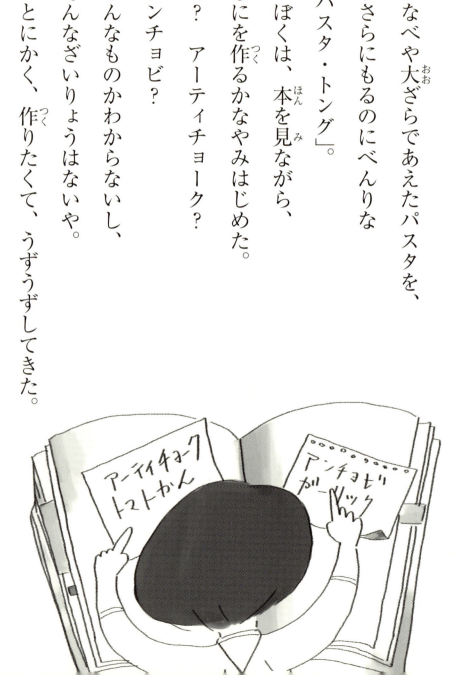

おゆをわかすために、大《おお》きいなべに水《みず》をたっぷり入《い》れる。
「てんかしま〜す。」と、せんげん。

かあちゃんが、またふりむいて、うなずいた。火《ひ》をあつかうときは、かあちゃんかとうちゃんが、かくにんしないとダメなきまり。

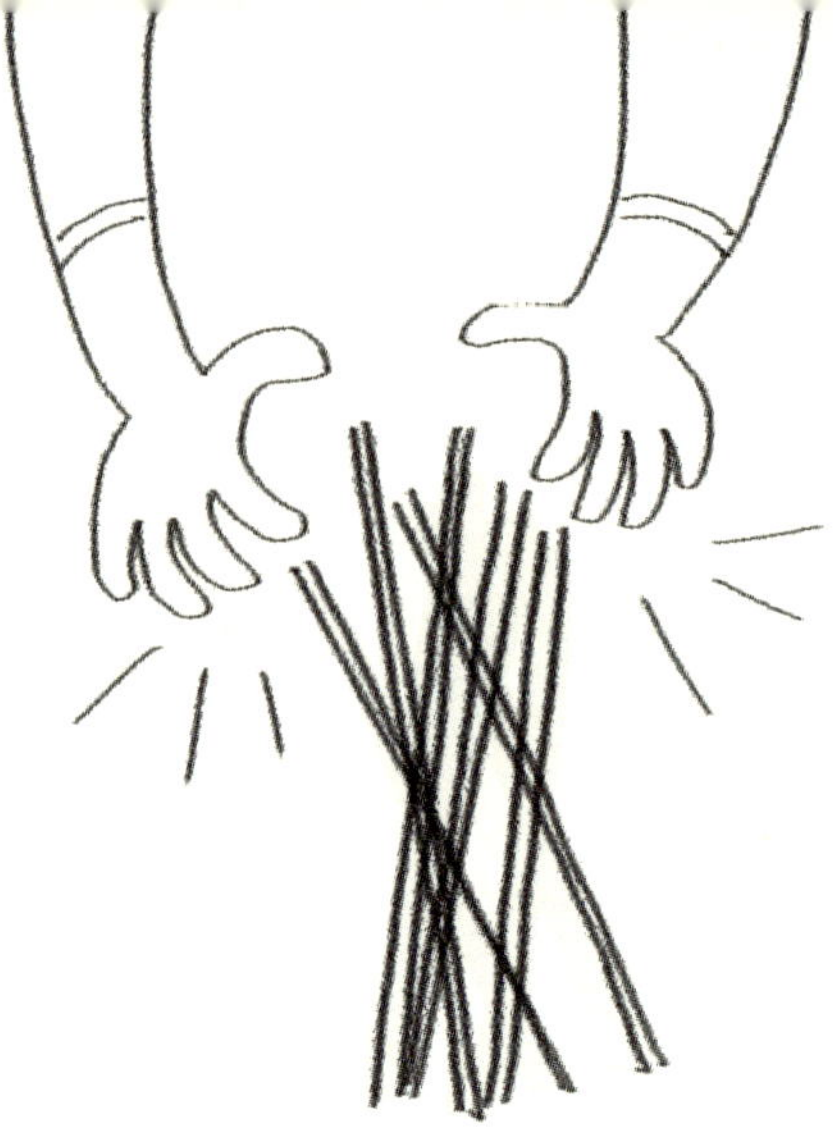

トマトかんをあけて、
ばあちゃんのメモどおりに
トマトソース作《づく》り。
ジャージャー、ぐつぐつ。

おゆがぶくぶくわいたら、
スパゲッティをパラパラ入《い》れて、
〈はごたえのいいゆでかげん〉で
ゆであげ、サーバーですくい、
ザルに入《い》れる。

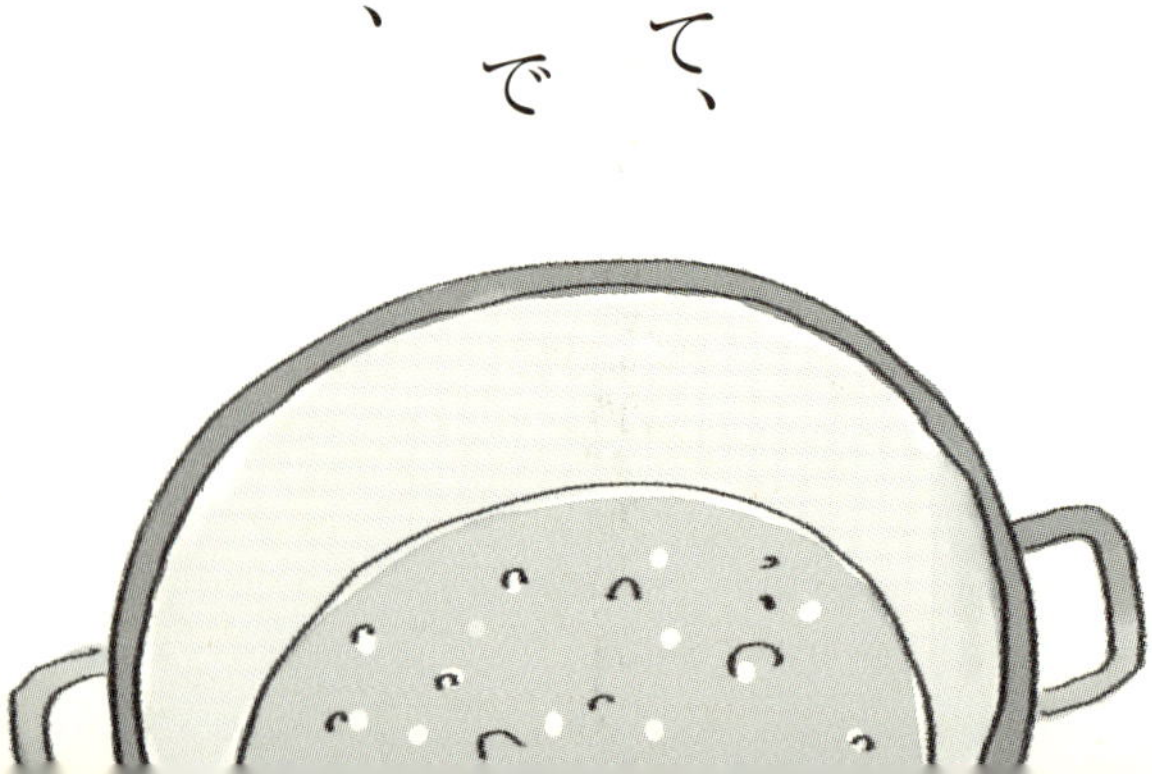

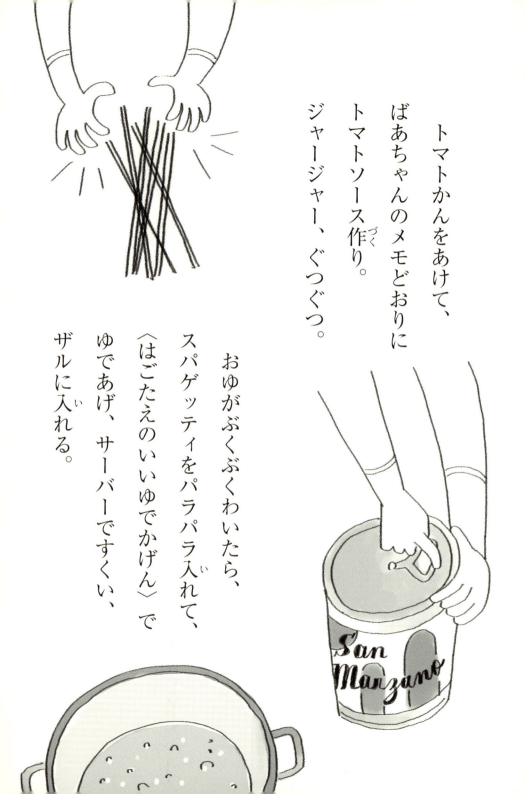

フライパンから、にたったソースが
はねてとびだしてきたので、
あわてて火《ひ》を止《と》める。

ザルのスパゲッティを
フォークにからめようとしたら、
鳥《とり》のすみたいな、
ごわごわしたかたまりになってる。
しかも、〈はごたえのいいゆでかげん〉
どころか、パキパキのカチカチ！

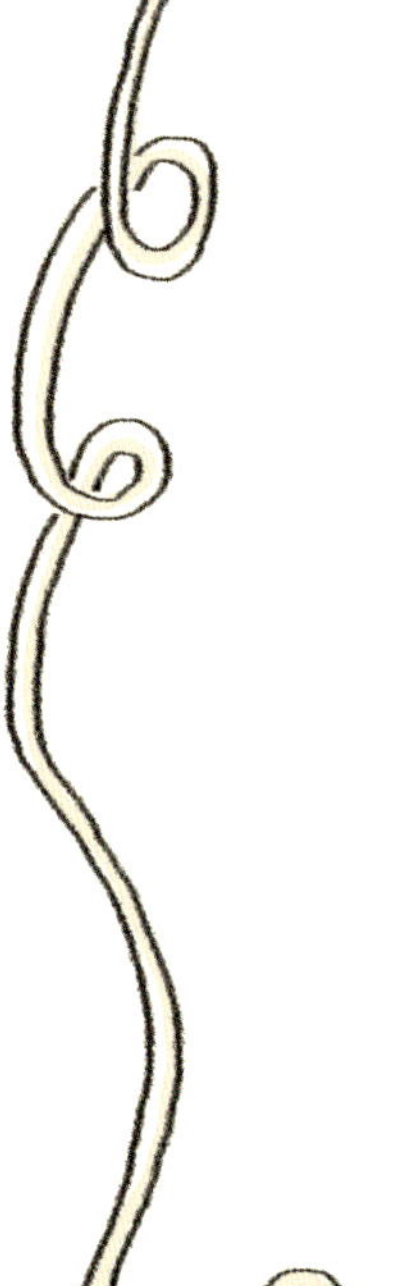

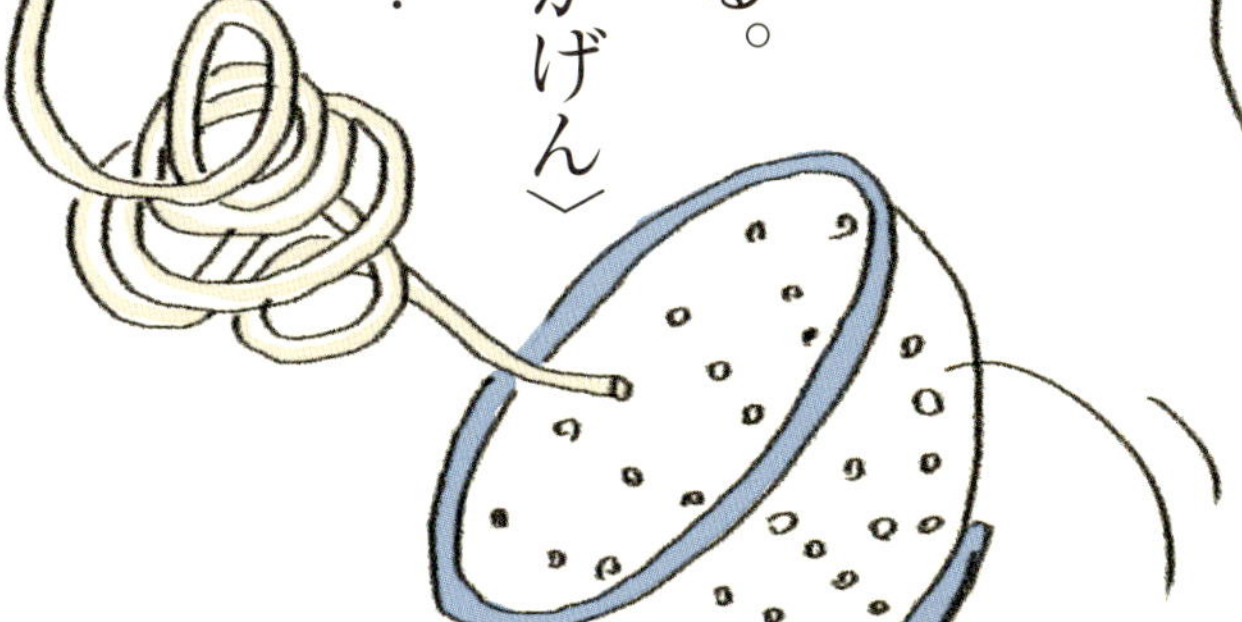

あー、やりなおしだ。もういちどおゆをわかして、スパゲッティを入《い》れる。こんどは、少《すこ》し長《なが》めにゆでて、味見《あじみ》をして、やわらかくなったところですくいとる。

ところが、ソースとからめて食《た》べてみると、ぶちぶちきれるし、ぶよぶよで、はごたえがわるい。

ぼくは、大《おお》きなためいきをついた。

「ああ、もう、なんでこんなにかんたんなものを、作《つく》れないんだろう？ キッズシェフコンテストはさらいしゅうなのに。だれかたすけてーっ！」

いつのまにか、声《こえ》に出《だ》していた。

と、そのとき。
「スパゲッティというより、
ハリガネよね。」
「こりゃひどいぜ。」
「だよね。」
耳《みみ》もとで、声《こえ》がした。
きょろきょろして、ふと自分《じぶん》のかたの
上《うえ》を見《み》て、びっくりぎょうてん。
おやゆびほどの
小《ちい》さな生《い》きものが、三びき！

「うわああっ！」

あわててふりおとそうとしたら、三びきは、かたからすべりおちて、まっさかさま。でも、とちゅうでふわりとちゅうにういて、ゆっくりテーブルにちゃくちした。

「あぶないわね！」「こらーっ。」「自分《じぶん》がちゅうにうけること、うっかりわすれてたよー。」

おっかなびっくり見《み》ると、「三びき」というより、「三人《にん》」みたい。

ぼくは目《め》をごしごしこすった。

そっと目《め》をあけると、まだ、小《ちい》さい人《ひと》たちはいる。ゆめでもまぼろしでもないらしい。

三人《にん》は、ソースであえたほうのスパゲッティを、
パクッと食《た》べた。

「こっちは、ゆですぎ。」

「のびてるぞ。」

「だよね。」

三人《にん》がじゅんばんにブツブツ言《い》う。

「き、きみたち、だれ？」

ぼくは、やっとのことで聞《き》いた。

「パスタの国《くに》から
こんにちは。

わたしはパティ。

スパゲッティの精《せい》よ。」

と、かみの毛《け》のかわりにスパゲッティ、リボンのかわりに小《ちい》さなはっぱをつけた女《おんな》の子《こ》が言《い》った。

あれ、「パスタの国《くに》からこんにちは」って、この本《ほん》のタイトルじゃなかった？

「オレは、ペン。
ペンネの精《せい》さ。」
ちょっとえらそうに
言《い》ったのは、あたまにとんがった
ものをのっけた男《おとこ》の子《こ》。

「ぼくは、ジッリ。
フジッリの精《せい》だよ。
ソースがからまりやすいし、
くりんくりんしていて、
かわいいでしょ。」

さいごの男《おとこ》の子《こ》は、ネジみたいなかみの毛《け》を、きゅるきゅるゆらした。

「ぷっ。」

ぼくは、思《おも》わずふきだした。

こんなヘンテコな三人《にん》が、パスタの精《せい》だなんて！

「あら、わらわれちゃったわ。」

「たすけてって言《い》うから、わざわざイタリアから、来《き》てやったのに！」

「帰《かえ》ろっ。」

くるっとむきをかえた三人《にん》を見《み》て、
ぼくはあせった。
「わわわ、まって！
ごめんごめん。ぼく、川口《かわぐち》あきら。
あっくんってよばれてるんだ。
みんなは、イタリアからわざわざ、
ぼくをたすけにきてくれたの？」
「そうよ。ちきゅうのはんたいがわから、
えっちらおっちら来《き》たのよ。」
「十びょうはかかったぜ。」

「だよね。」

と、パティ、ペン、ジッリが、じゅんばんに言《い》う。

「えっ、たったの十びょう？　すごい。しかも日本語《にほんご》もしゃべれるなんて、すごすぎる！」

と、ぼくが言《い》うと、三人《にん》はむねをぴんとはった。

「あたりまえよ。わたしたち、パスタの精《せい》なんだもの。」

「パスタ語《ご》のほかに、
せかいじゅうのことばを
しゃべれるんだぜ。」

「すごーく、すごいでしょ。」

「へえ、パスタ語《ご》なんてものが、あるんだ！」

かんしんしていると、パティが、
ゆびをちっちっと左右《さゆう》にふった。

「おしゃべりしている場合《ばあい》じゃないわ。

なんとかコンテストにさんかするんでしょ。

さいしょからやりなおしよ。」

「さっき、おゆにしおを入《い》れなかっただろう？」

「味《あじ》がボケてるもんね。」

三人《にん》は、いつも同《おな》じじゅんばんで話《はな》す。

「あ、わすれた……。でも、うどんやそばをゆでるときは、

しおは入《い》れないよ?」

と、言《い》うと、三人《にん》が同時《どうじ》に首《くび》を左右《さゆう》にぶるんぶるん。

「うどんやそばは、こなにしおを
入《い》れてコネてあるからよ。」

「かんそうパスタは、こなと水《みず》だけさ。」

「だよね。」

「そっか。しおをわすれないようにする。

ねえ、パスタっていろいろあるけど、
スパゲッティでいいのかな?」

と聞《き》くと、三人《にん》そろってうなずいた。

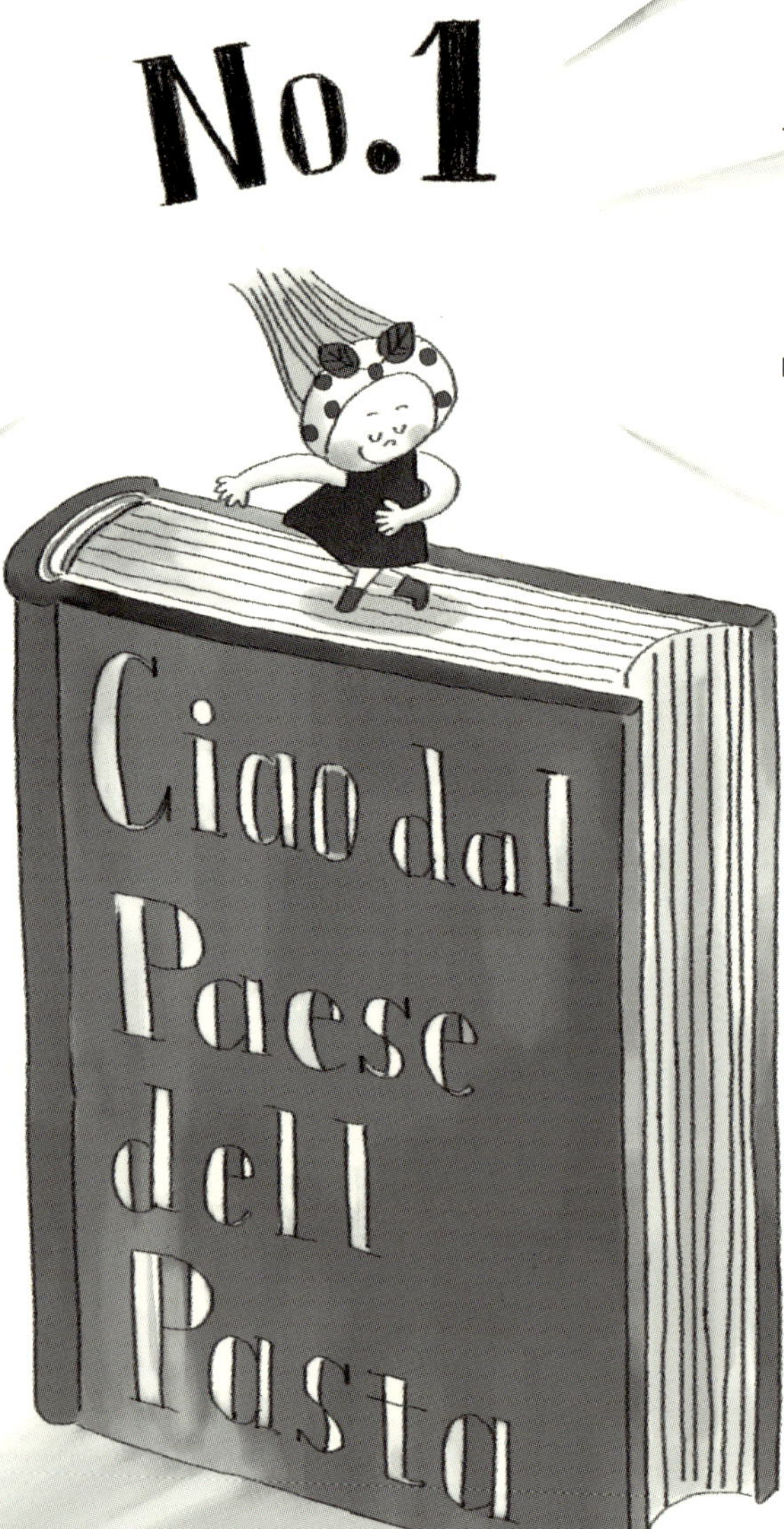


「いちばん人気《にんき》は、
やはりスパゲッティだわ。」
「くやしいけど、それはほんとだぜ。」
「だよね。」

ぼくもうなずく。

「でもさ、トマトソースっていうのは、ふつうすぎるよね？　もっと、こったりょうりでしょうぶしたいんだ。この本《ほん》にいろいろのってるけど、これとかさ。」

りょうりのイラストを見《み》せながら聞《き》くと、三人《にん》は、また首《くび》を左右《さゆう》にぶるんぶるん。

「わたしなら、トマトソースでしょうぶだわ。みんなすきだし、きほんだもの。ふつうでおいしいスパゲッティさくせんよ。」

「ふつうだからこそ、
あんがいむずかしいのさ。」
「だよね。ふつうでおいしい
スパゲッティ大《だい》さくせん！」
ちょっとまよったけど、
「ふつうでおいしい」
ということばに、ぼくは
なんとなく、なっとくした。
「そうときまったら、とっくんかいし！」
パティがしお入《い》れの上《うえ》に、立《た》った。

「ソースははねるから、
ふかめのなべで、
たっぷり作《つく》って。
よくにつめたほうが
おいしいわ。」

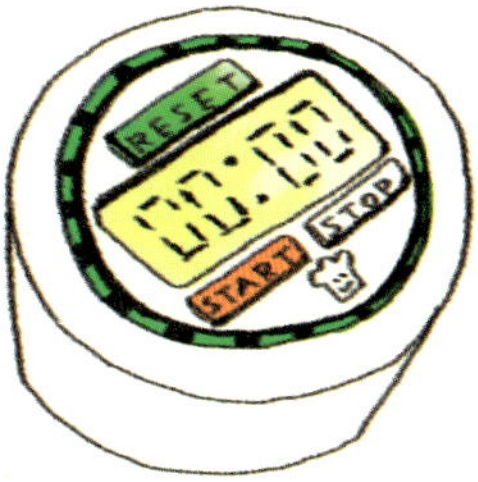


「スパゲッティの
ゆでぐあいは、
そのあとのしあげによっても、
ちがってくるの。」

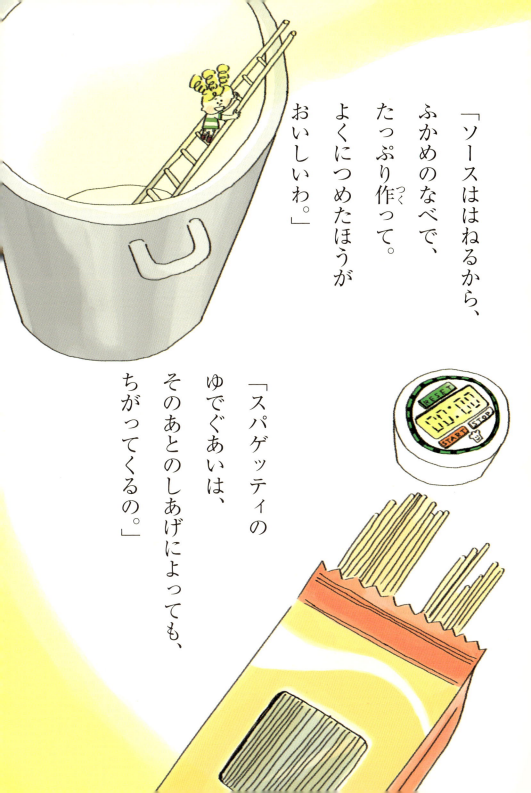

「ゆでているときに、ときどき
かきまわして、
スパゲッティどうしが
くっつかないようにして。」

「のろのろしていると、
ゆですぎになるわ。
ほんのちょっと早《はや》いかな
ぐらいですくいあげて。」

「ザルにあげると、
おゆをきりすぎる
ことになるの。
サーバーですくったら
おさらに入《い》れるか、
ソースのなべに入《い》れて。」
ぼくは、メモをとるのに、大《おお》いそがし。
トマトかんより
生《なま》のトマトのほうがいいかと思《おも》って、
れいぞうこから出《だ》したら、

パティがまた首《くび》をよこにふった。
「そのトマトは
ソースにはむいていないの。
サン・マルツァーノ・トマトの
かんづめを使《つか》ったほうがいいわ。」
ぼくはうなずいて、
またトマトかんをあける。
にんにくやタマネギのみじんぎりを
オリーブオイルでいためて、
トマトを入《い》れる。

長《なが》っぽそいトマトがにえてきたら、
木《き》のへらでおさえてつぶして、
しおを入《い》れてにつめて、
パティがくれた
バジリコのはっぱを入《い》れる。
さいごに、ゆでたスパゲッティを
入《い》れて、よくからめる。
上《うえ》にかけるすりおろしのチーズは
ないけど、おさらにもりつけて、
できあがり。

「ほら。これをのせると、きれいでしょ。」

パティが、バジリコのはっぱを上《うえ》にのっけてくれた。ぷうんと、いいにおい。ちゅるちゅるちゅるちゅる。

「うわ、おいしい！」

ぼくは目《め》をまるくした。さっきとは、えらいちがいだ。

「さあ、もう一回《かい》、おさらいをするわよ。まああのできだけど、ソースがちょっとぬるいし、時間《じかん》オーバーね。これじゃ、入賞《にゅうしょう》はできないわ。」

「食《た》べてる場合《ばあい》じゃないぞ。」

「だよね。ほら、早《はや》く。」

三人《にん》は味見《あじみ》をしてから、きっぱりと言《い》った。

「ええっ。でも、これすてるの、もったいないから……。」

ちらっと見《み》ると、さぎょうばのかあちゃんは、いつのまにかさぎょうをおえて、すわっていねむりをしている。ひるねなんて、めずらしいな。

「あら、すてないわよ。あとで、ときたまごを入《い》れて、スパゲッティのたまごやきにするの。ハムとかやさい、チーズを入《い》れてもいいわ。」

「ひえてもおいしいから、べんとうにも、ちょうどいいよな。」

「だよね。」

スパゲッティのたまごやきか。おいしそうだな。メモ、メモっと。

「ついでに食《た》べかたのマナーもおぼえてね。」

「スパゲッティをまくのに、スプーンを使《つか》うな。」

「スパゲッティは、ズルズル音《おと》をたてて食《た》べないで。」

なんて、味見《あじみ》のときまで、三人《にん》はいちいちうるさい。

それからなんども作《つく》らされて、

「もたもたしない。」

「手《て》ぎわがわるい。」

「むだなうごきが多《おお》い。」

「きめられた時間《じかん》をまもって。」

「五分早《ふんはや》い。」

「二分《ふん》おそい。」なんて、
おこられっぱなしだった。

あせると「おちつけ！」ってどなられて、よけいあせっちゃう。いろいろ言《い》われて、どんどんイライラしてきて、ついにぼくは、プッツリきれた。

「ああ、うるさいなあ。もうほっといてよ！」

そう言《い》ったとたん、三人《にん》がパッときえた。

あれ？　あたりを見《み》まわしても、だれもいない。

「ごめん、うそだってば。パティ、ペン、ジッリ！」

しーん。

「そんなにおこらなくたって、いいのにさ。ちぇっ。いいよ。ひとりでだって、できるもん。」

ぼくは、いつものように強《つよ》がりを言《い》った。ほんとは、かなり心《こころ》ぼそいんだけど。
それからは、ひとりでれんしゅう。
自分《じぶん》で書《か》いたメモを見《み》て、なんども作《つく》った。
大会《たいかい》の前《まえ》の日《ひ》、
やっと四十分《ぷん》きっかりで
しあげるコツをおぼえた。
いよいよ大会《たいかい》の日《ひ》。
かあちゃんがついてきてくれて、
バスと電車《でんしゃ》をのりついで、会場《かいじょう》にむかう。

キッズシェフコンテスト県大会《けんたいかい》という大《おお》きなたれまくを見《み》て、すごく、きんちょうしてきた。

会場《かいじょう》には、一年生《ねんせい》くらいから、
六年生《ねんせい》くらいまで、
ゼッケンのついたエプロンをかけた
キッズシェフこうほたちが、
たくさんいる。ぼくは十五番《ばん》。

あいずで、すきなざいりょうをとってきて、四十分《ぷん》きっかりで作《つく》らなければいけない。少《すこ》しでもおそいと、しっかく。早《はや》くできすぎても、りょうりがさめちゃう。パティたちにとっくんされて、なんどもれんしゅうしたけど、これがいちばんむずかしいんだ。

よーい、スタート！

走《はし》って、ざいりょうおきばに行《い》く。みんながどんどんカゴに、いろんなざいりょうを入《い》れていく。

KIDS CHEF
KIDS CHEF
San Marzano
San Marzano
San Marzano
San Marzano
San Marzano
31
KIDS CHEF
7

ぼくがとるのは、
トマトかんと、
オリーブオイル、
パルメザンチーズ、
にんにく、
しお、
こしょう、
スパゲッティ、
タマネギ、
バジリコのはっぱ。

おゆをわかしながら、タマネギをみじんぎりにする。目《め》にしみないように、気《き》をつけながら。

まわりをちらちら見《み》ると、
となりの男《おとこ》の子《こ》は、ベーコン、
たまご、チーズをならべている。
カルボナーラかな。はんたいどなりの
女《おんな》の子《こ》は、エビやムール貝《がい》をあらっている。
魚介《ぎょかい》のパスタを作《つく》るにちがいない。

こんなふつうのスパゲッティで、
しょうぶできるかな。
今《いま》からでもおそくない。
ちょっとべつのざいりょうを
入《い》れてみようか。

もういちど、ざいりょうおきばに走《はし》る。
ジリリリ！　ベルの音《おと》のあとに「五分《ふん》けいか！」と、アナウンスがあった。
早《はや》くきめなきゃ。

今《いま》、ここにあの三人《にん》がいてくれたら！
あーあ、あんなこと、言《い》わなきゃよかったな。
くよくよしている場合《ばあい》じゃない。みんなはもう、
てきぱき、りょうりを作《つく》っている。いそげ！
リコッタチーズを入《い》れるとか？
いや、それより、黒《くろ》オリーブとナスを
入《い》れようか。それとも……。
うろうろしながら、あれこれざいりょうを
手《て》にしては、もどし、ますますまよう。
ジリリリ！「十分《ぷん》けいか！」

どうしよう。おちつかなきゃ！
パティのことばを思《おも》いだそう。
「かんじんなのは、大《おお》げさなりょうりを
作《つく》ることじゃないわ。
心《こころ》をこめて、きちんと作《つく》ることよ。」

そうだ。まよってる
場合《ばあい》じゃない。
ふつうだけどおいしい
「スパゲッティ大《だい》さくせん」
だった！

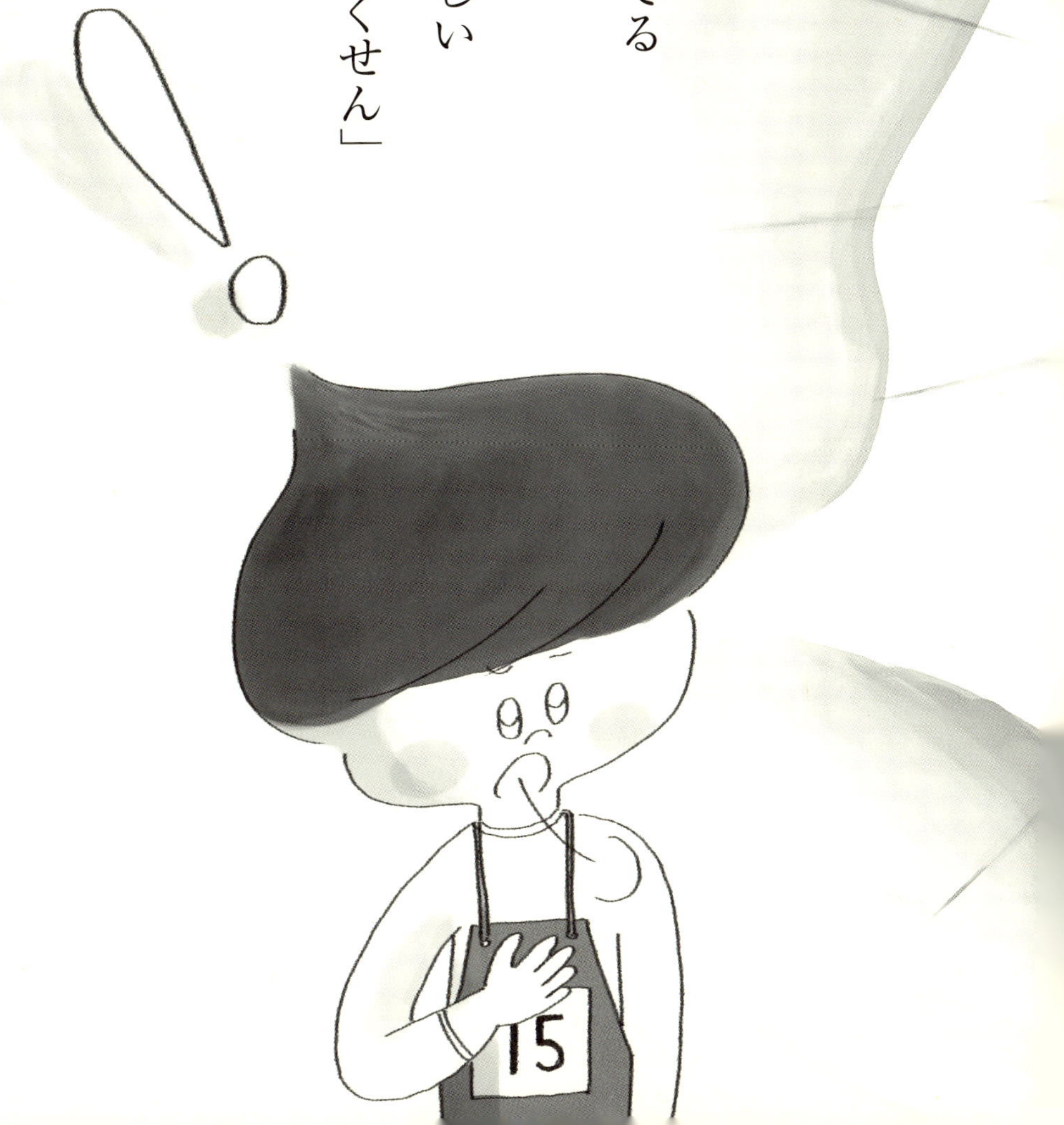

ぼくは、手《て》にしていたナスや、
黒《くろ》オリーブのびんづめをおいて、
自分《じぶん》のばしょにもどる。
まわりとくらべちゃダメだ。
自分《じぶん》は自分《じぶん》。
心《こころ》をこめて、
ていねいにてぎわよく作《つく》ろう。
トントン、ジュージュー、
パラパラ、ぐつぐつ。
あつあつのソースに、

ゆでたてのスパゲッティをからめる。
バジリコのはっぱをのっけて、よし、まにあった。

ピーッ！
ふえのあいずでしゅうりょう。
それぞれがおさらをもって、
しんさいいんの前《まえ》に行《い》く。
しんさいいんたちは、しんけんな
目《め》つきで味見《あじみ》をして、紙《かみ》に
メモをしていく。つぎは、
ぼくのスパゲッティだ。
もう、ドキドキしっぱなし！
ジャジャーン。

いよいよはっぴょうだ。

「三位《い》までの入賞者《にゅうしょうしゃ》は、全国大会《ぜんこくたいかい》に出場《しゅつじょう》できます。では、しんさけっかをはっぴょうします。だい五回《かい》キッズシェフコンテスト県大会《けんたいかい》、ゆうしょうは……。」

手《て》をにぎりしめる。全国大会《ぜんこくたいかい》に出《で》たい！

「……魚介《ぎょかい》の味《あじ》がよく出《で》ていた、スパゲッティ・アッラ・ペスカトーラを作《つく》った、三十二番《ばん》の……。」

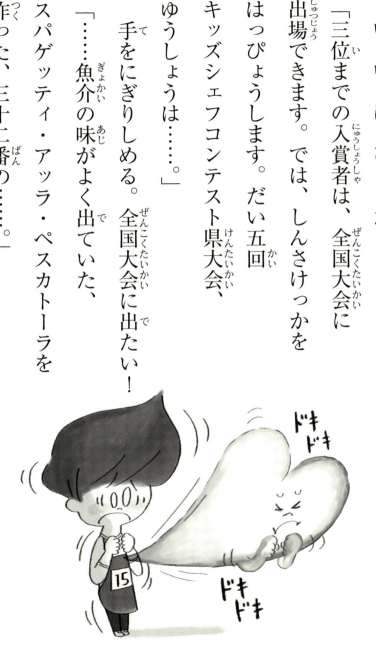

がーん。がっかりすると同時《どうじ》に、ぼくは
なっとくした。おいしそうだったもんなぁ。
「二位《い》は、トロフィエのぜつみょうな
ジェノバペーストあえを作《つく》った、
五十一番《ばん》……。」
二位《い》もダメか。
でも、まだ三位《い》がのこってる……。
「三位《い》は、フジッリの
ナス入《い》りトマトソースあえを作《つく》った……。」
ああ、ダメだったか！

ぼくは下《した》をむいた。

「もうひとり、同点《どうてん》三位《い》に、シンプルなトマトソースと、スパゲッティのゆでかたがかんぺきだった、十五番《ばん》、川口《かわぐち》くん。」

「えーっ！」

しんじられなくて、ぼくはあわてた。

ほごしゃせきで、かあちゃんが、ガッツポーズをしている。ぼくも、ガッツポーズをかえした。

とうちゃんに電話《でんわ》して、ばあちゃんにでんごんしてもらった。だって、入賞《にゅうしょう》できたのは、ばあちゃんの本《ほん》と、あの三人《にん》のおかげだもん。

パティたちにも電話《でんわ》できればいいのにな。ちゃんとあやまりたいし、おれいも言《い》いたい。

家《いえ》に帰《かえ》ると、ばあちゃんに、本《ほん》をかえしにいった。

「ばあちゃん、この本《ほん》、ありがとう。じつはね、しんじられないかもしれないけど、この本《ほん》でれんしゅうしていたら、パスタの精《せい》が三人《にん》出《で》てきて、てつだってくれたんだよ。」

いつもぼんやりしているばあちゃんの目《め》が、きらっとひかった。

「パスタの精《せい》……。」

「うん。パティとペンとジッリ。おれいを言《い》いたいんだけど、どうすればいいかな？」

ばあちゃんは、本《ほん》のひょうしを手《て》でそっとなでている。

「この本《ほん》……『パスタの国《くに》からこんにちは』……。」

なにか、思《おも》いだそうとしているみたい。

「ばあちゃん、その本《ほん》、どこで手《て》に入《い》れたの？」

ばあちゃんは、きゅうにきりっとした目《め》つきで、ぼくをじっと見《み》た。

「ひみつ。」

ばあちゃんが、くすっとわらった。
ぼくには、ぴんときた！
「ばあちゃんも、
パティたちに、会《あ》ったんだね？」

それからぼくは、ばあちゃんにあれこれ聞《き》いた。けど、ばあちゃんは、うなずくばかり。

「ぼく、よくわかったんだ。もっとれんしゅうしないといけないって。つぎは、もっともっとがんばるからね。」

本《ほん》のページをめくっていたばあちゃんが、手《て》を止《と》めた。

「食《た》べたい。」

えっ？　見《み》ると、ばあちゃんのメモがはさんである。

にんにくと、オリーブオイルと、とうがらしのスパゲッティ。

かんたんに作《つく》れそうだ。

「これ、食《た》べたいの？」

ばあちゃんが、うなずいた。

「わかった。こんばん、作《つく》ってみるよ！」

ぼくはキッチンに行《い》き、さっそくざいりょうをテーブルにならべる。まずは、おゆをわかして、と。

「どうせ、かんたんだと思《おも》ってるにちがいないわ。」

「おいしく作《つく》るのは、あんがいむずかしいんだよな。」

「だよね。」

あっ！

ぼくは、ワクワクしながら、ふりむいた。

# スパゲッティのまめちしき

スパゲッティがもっとおいしくなる
オマケのおはなし

## スパゲッティとパスタのちがい

スパゲッティはパスタの一つで、太《ふと》さが約《やく》二ミリの細長《ほそなが》いめんのことをいいます。

パスタは、小麦粉《こむぎこ》をねって作《つく》っためんのこと。ラザニアやマカロニやペンネなどいろいろなかたちがあり、パスタのしゅるいは五百しゅるいいじょうあります。色《いろ》がついていたり、具《ぐ》が入《はい》っていたり、ちょうちょのかたちのパスタもありますよ。ぜひスーパーや専門《せんもん》店《てん》でさがしてみてください。

イタリアでは、大人《おとな》はフォークだけでスパゲッティを食《た》べます。まだフォークだけではじょうずに食《た》べられない子《こ》どもは、スプーンも使《つか》うこともあるようです。スプーンを使《つか》ったほうが、ソースをじょうずにからめることができると言《い》うシェフもいますので、おいしく食《た》べられる方法《ほうほう》がいちばんだと思《おも》います！

あたたかいスパゲッティもいいですが、夏《なつ》はつめたいスパゲッティもおいしいですよ。このつめたいスパゲッティ、じつは日本《にっぽん》のざるそばからヒントをもらって、イタリア人《じん》シェフが考《かんが》えたといわれています。それをイタリアで食《た》べた日本人《にほんじん》シェフが、日本《にっぽん》に帰《かえ》ってひろめたそうです。

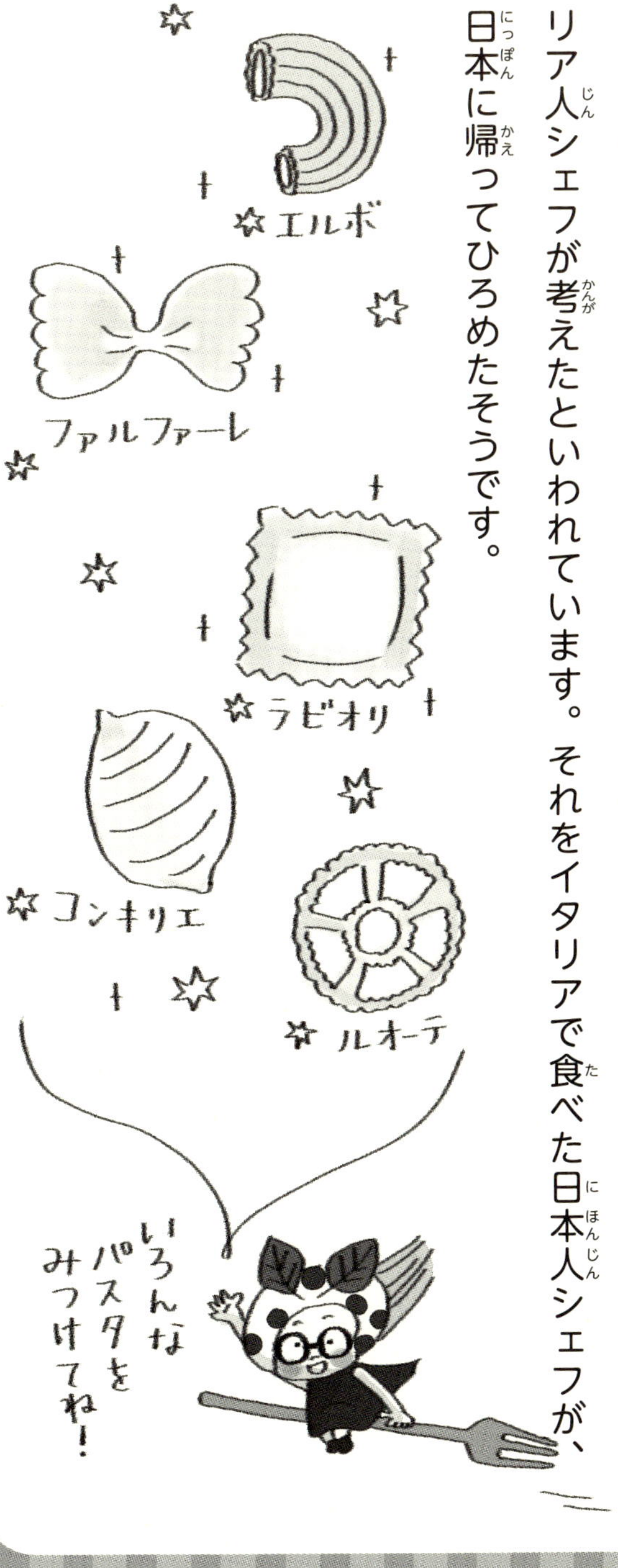

# あっくんのトマトソースのスパゲッティ

ゆでたてのスパゲッティに、あつあつソースをからめるだけで、できあがり！　おうちの人《ひと》といっしょにぜひ作《つく》ってみましょう。

ソースを作《つく》る

❶にんにくひとかけとタマネギ（ひとりぶんだったら半分《はんぶん》。ふたりぶんだったら一個《こ》）をみじんぎりにします。なべにオリーブオイル大《おお》さじ一とにんにく、タマネギを入《い》れて弱火《よわび》でいためます。

❷かおりがたってきたらトマトかんのなかみ、それからバジリコ二、三枚《まい》をちぎって入《い》れて、しおを少《すこ》しふります。弱《よわ》めの中火《ちゅうび》でにつめたら、ソースのできあがり！

スパゲッティをゆでる

❸まず大《おお》きめのふかいなべにたっぷりの水《みず》を入《い》れて中火《ちゅうび》にかけ、ふっとうしたら塩《しお》を

入《い》れます。塩《しお》は水《みず》一リットルにたいして、十グラムがめやすです。

❹なべに、スパゲッティを入《い》れます。スパゲッティのふくろに書《か》いてあるゆで時間《じかん》より少《すこ》し短《みじか》くゆでましょう。

❺また沸騰《ふっとう》したら、やさしくひとまぜ。これで、くっつきません。時間《じかん》になったら火《ひ》を止《と》めて、サーバーですくってソースのなべに入《い》れましょう。バジリコのはっぱをのせてあつあつのうちにめしあがれ！

お皿《さら》にもりつけるときにトングをひねって山《やま》をつくると、もっとおいしそうにみえるよ！
ク〜ル
クル〜♫
や〜ま山《やま》!!

佐藤まどか｜さとうまどか

東京都出身。1987年よりイタリア在住。デザイナーとして活躍する一方、児童文学を書きはじめる。第22回ニッサン童話と絵本のグランプリで童話大賞を受賞した『水色の足ひれ』(BL出版)でデビュー。ほかの作品に『スーパーキッズ 最低で最高のボクたち』(第28回うつのみやこども賞を受賞)、『スーパーキッズ2 さらば自由と放埒の日々』『カフェ・デ・キリコ』『リジェクション』(すべて講談社)、「マジックアウト」3部作、『コケシちゃん』(ともにフレーベル館)など。日本児童文学者協会会員。季節風同人。

林 ユミ｜はやしゆみ

1971年生まれ。イラストレーター。グラフィックデザイナーを経て、1998年よりイラストレーターとしてフリーランスに。書籍の装画や挿絵、雑誌、WEB、広告などで活動中。

装丁／望月志保（next door design）
本文DTP／脇田明日香
巻末コラム／編集部

たべもののおはなし　スパゲッティ

# スパゲッティ大《だい》さくせん

2016年11月24日　第1刷発行

作　佐藤《さとう》まどか
絵　林《はやし》 ユミ
発行者　清水保雅
発行所　株式会社講談社
〒112-8001 東京都文京区音羽2-12-21
電話　編集 03-5395-3535　販売 03-5395-3625　業務 03-5395-3615
印刷所　豊国印刷株式会社
製本所　黒柳製本株式会社

N.D.C.913 79p 22cm ©Madoka Sato / Yumi Hayashi 2016 Printed in Japan
ISBN978-4-06-220303-6